アルトを歌ふ

楠原絢子句集
Ayako Kusuhara

ふらんす堂

序

六年ほど前の楠原絢子さんの随筆に「霧ヶ峰」と題したものがある。その書き出しで絢子さんは武田百合子の『富士日記』に触れ、「その天衣無縫に惹かれて山荘暮らしを思い立ち、八ヶ岳の最南端にあたる編笠山麓に小屋を建てて三十五年になる」と記している。本文は割愛するが文末を、「ここのテラスで風に吹かれながら飲んだ熱いミルクやボルシチの味が、夫と私二人の霧ヶ峰の味である」と結んでいる。私はその時初めて、月二回の国立市の句会でしか知らなかった絢子さんの私生活を垣間見たのだった。

たしかに『富士日記』はキュートで素晴らしく魅力的な本だ。武田泰淳夫妻の富士山麓の生活のように、最小限の東京の生活、他の日々を編笠山の大自然の息吹を浴びながらの、コテージでの家族の暮らし。それが楠原絢子というひとの生活、そして俳句の源泉となっていたことを知ったのだった。たとえば都会住いのものには次のような作品は詠めないだろう。

春 蘭 に 化 け て 狐 の 澄 ま し 顔　（恐竜の卵）

楠原絢子さんと最初に会ったのはそれより七年前、平成二十年七月二十五日、金曜日の午後のこと。なぜそれを覚えているのかというと、初対面の彼女の出した作品が他の誰の俳句とも異っていたから。この句は後に推敲されたがもとの句はこうだった。

青水無月薄き眠りといふ快楽

梅雨が明け、青葉色濃くなったころの、睡眠とも半覚醒ともつかぬ覚め際の漂いを「快楽」と比喩した作品。私はこの句の下五を「かいらく」ではなく「けらく」と読んだのだった。武田泰淳未完の長編小説の題が私の頭を横切ったせいだ。しかしどちらにしてもこの「快楽」は浮いていると選評したせいか、本書では別のことばに替えられている。こんなふうに初期の頃から絢子さんのテーマは既にして決まっていたのだった。いわゆる四季移ろいの美しさに捕らわれず、人間が関わる自然、季節の中にある人の暮らし。それを自身の心の眼で厳しく、ときにやわらかい韻律で描くのである。

さて本句集『アルトを歌ふ』の三四〇句を読んで、どうあっても採りたい作品、十句を書き出して眺めてみた。どれも良い。それを詠まれた順に取り上げてみたい。

蚊遣火やひとのこころと寝起きして　（恐竜の卵）

この句の中の絢子さんは、人生の時間を思いながら、じっと息をひそめているのだと思う。「ひとのこころ」の三人称には冷静な象徴性がある。要するに、ひとはそれぞれの機微を持って生きているのだということ。そういう者のそれぞれの満され方、癒され方があって共に生活をしているのだ。「寝起き」は人間らしいし、「蚊遣火」の具体性はその生活実感とよく結びつき、理屈っぽさの弊をさらりとかわしている。

新盆の妹が来てゐるいつもの庭　（恐竜の卵）

「いつもの庭」という場所がいい。そこはかつてあったけれど、いまはどこにもない場所で、近いが追憶の遠い庭だ。そして今日、その庭に亡くなられた妹さんが来て、「お姉ちゃん遊ぼう」と待っているのが切ない。この句を読むと、俳句はことばだけではないと思う。作者の体験が詩的なことばを生み、それが表現によって組み立てられ現出した世界。絢子さんの胸中の抽象的な場所、妹さんの姿を可視化させた作者の本当の世界だ。懐かしい妹さんとの思い出、その笑顔、笑い声が絢子さんの心に押し寄せる。

わたしたちみんな零れて菫なの　（恐竜の卵）

この句の要を構成しているのは、ある一時期に出会い、密度の濃い時間を過した人々との大切な記憶である。そうした旧友との再会であったならば、そこはたちどころに学校の土曜日午後の教室のごとき華やぎの場となることだろう。ただここで絢子さんは、「みんな零れて」といっている。「零れる」には色々な意味がある、落ちて、落魄してといった、一歩控え目な気持。直言すれば、みんな歳を取ってしまったわねの婉曲表現でありながら、でも「菫」なのよという女性らしい顕示もある。この句の口語表現には幾分照れ隠しがあると思うが、反対に、それまで意識していなかった発見や驚きを与えるのだとしたら、絢子さん、斬新な手法に打って出たなと私は諒とする。

あをぞらへまつすぐは恋水仙花　（考へる窓）

まっすぐに伸びて匂いたつ水仙の清楚な姿は、目覚めることの美しさを思わせる。背景の青空も健康的だ。そしてこの明るさ。けれどもその眩しさに大事なポイントを読み過してしまってはいけない。「まつすぐは恋」で切れて「水仙花」が取り合わされているところ。そしてなぜ「まつすぐな恋」ではないのだろう。立ち止まってこの違いを考えてもらいたい。もちろんベストな助詞は「は」である。俳句は身体と心の経験とによって生まれるが、経験のみからよい句は生まれない。経験を起点として思索を重ね、表現を練り上げたところに一句の完成がある。この句、「まつすぐな」としたら、単なる勢いで読んでしまう作品となっていただろう。

落葉松の針降る道は目をつぶり　（考へる窓）

金色の針となって降ってくる晩秋の山道を、目を閉じてうつむきながら歩いている。悲しいのではない。木々草花の凋落、過ぎてゆく秋の色素が抜けてゆくのを見ていると、天から次々と金の葉が降ってきたのだ。この作品は霧ヶ峰での体験だろう。生と死、生命の再生が連綿とつながってゆくのを澄んだ目で見つめてきた絢子さんだ。国文の教師を勤めあげてきた彼女だから、白秋の「落葉松」の詩へのオマージュもここにはあるかもしれない。

世の中よ、あはれなりけり。／常なれどうれしかりけり。／山川に山がはの音、／からまつにからまつのかぜ。

北原白秋『水墨集』「落葉松」

文芸であろうとする時、俳句の自分自身のことばはひとつの詩でなければならない。この句は絢子さんの豊かな感受性と伝統美の織りなしが、見事な融合をなしている。

銀河鳴る剣岳《つるぎ》の闇の深さかな　（待つこころ）

霞食べにおいでと山の便りかな　〃

惹かれるのは、ここに描かれている作者の位置だ。山の空気が生きている闇の畏怖、大らかな森や山嶺の開放感と作者とが一体となっている。山荘での暮らしが、ことばの不純物をすっかり削ぎ落してしまうのだろう。

わたくしといふ六月の薄いスープ　（惜しむこころ）

思わず足を止めて何度も読み返した作品。「六月の薄いスープ」、意味を説明するのは容易ではなさそうだ。そうしてこの一句を繰り返し読んでみると、平易なことばでいかにも簡単そうに書かれた中に、理屈抜きの人生観が見えてくる気がするから不思議なのだ。その不思議さがこの句全体を包みこんでいる。

良質の感性から読者の感性へと訴えかけるメッセージ、としたら必要以上に詳しく読み解くこともない。提示されたまま、ただじっくりとこの世界に浸るのが一番よい鑑賞であるような気がする。

秋風やわれも愁殺されてみたく　（惜しむこころ）

『秋風秋雨人を愁殺す』。また武田泰淳に帰ってきた。「愁殺」の一語は重いというよりも謎めいた、深い悲しみと孤独をたたえたことばだ。絢子さんは自ら愁殺されてみたいと書く。ただ悲しさを味わいたいというのではなく、寒々とした深秋の悲しみの淵に沈んでしまいたいというこころ。これも文学的な表現だが、彼女を育んできた絶対孤とでもいえる原風景を感じる。

薄氷や老いの抒情は骨に似て　（惜しむこころ）

私たち誰もが迎える老いや死は対岸にあるわけではない。いつしか身体の一部となり、親しみを込めて話しかけるようにもなったが、この世界を美しく思う気持を消してしまうことはできない。どんなにはかなく骨のようになっても氷は透き通り、極まって行くばかりだ。

この夏、「わたしの大きな一区切として句集をまとめたいのです」。句会の後、私の席にそっと近づいてきて緊張気味に述べた楠原絢子さんの目の一途さはたちまち心に浸みた。私もそのことばを待っていたからだ。

そして今、その願いがここに成就したことを心から祝したい。絢子さんおめでとう。

鈴木章和

二〇二一年十月吉日

目次／アルトを歌ふ

序・鈴木章和

恩寵の時　二〇〇三年新年～二〇〇八年夏　17

恐竜の卵　二〇〇八年秋～二〇一三年冬　43

考へる窓　二〇一四年冬～二〇一七年夏　89

待つこころ　二〇一七年秋～二〇一九年春　139

惜しむこころ　二〇一九年夏～二〇二一年春　163

あとがき

句集　アルトを歌ふ

恩寵の時

二〇〇三年新年〜二〇〇八年夏

手毬歌泣かれて歌ふこともあり

小包にお手玉入るる春隣

嬉しさを詰めて春待つランドセル

ズ・ムーンと幼子の指す春の月

たんぽぽや吾子に屈めば子もかがむ

春と来てムーミン谷のスナフキン

この子らの小さき年輪卒園歌

日月も子らもはるかや彼岸餅

軽皇の子の今恩寵の時にあり
ひとり見し雷鳥は日のまぼろしか

秋の水空に流れて介山碑

すこやかに暮らすかなしみ大根蒔く

雲の中ザックに括る手向菊

月明の穂高は虎を放ちけり

峡深き小屋の中まで望の月

豊の秋五竜白馬が眉の上

峠まで狐付きくる秋時雨

秋寂し届く辺りに夫の手

天の川剣御前の小屋かけて

高高と八ヶ《やつ》岳を据ゑたる秋の画布

風花やはるかに青き副都心

荒船山星尾峠

冬帽子脱ぐやゆかしき峠の名

黙考へ長く底引く冬の雷

鳥帰るわが謂はみな石つぶて

信濃境

囀りや鱒二が山家深眠り

片栗の花は臥せりて見るべしや

縞蛇は感じわれらは凝視せり

反古焚くや遠く尾を引く日雷

サファイアの青を深山の小紫陽花

腹這へばわれも花野の花の員

秋夕焼岩に残りし死者の銘

細声は挽歌谷川岳の秋

着ぶくれの抜け殻二つ女風呂

蜜柑山富士とあくびをしてゐたり

年の瀬の空のけむりも隅田川
双六を買ひに両国辺りまで

音もなく晴着脱ぐ子の火影かな
雪便りなにを悲しとあらねども

ゆく舟へ光の玻璃の二月かな

蛇の尾を収めてもとの藪となる

瓜食うてをり闘ひを好まずに
繋ぐ手の重くなる頃合歓の花

青水無月薄き眠りといふ愉楽

ペン投げて青鬼灯にならまほし

夏帽の親子揺れゆく丸木橋

恐竜の卵

二〇〇八年秋〜二〇一三年冬

烏滸といま囁きたるはかまどうま
月入れてとろろあふひとなりにけり

乾板に骨立ち上がる野分かな

赤城山

いただきや天に秋風地に稔り

冬麗を深深と吸ひ入院す

偏愛の捨て処なし毛糸編む

初湯するわれを船《ふな》泊《は》て小舟とも

緋水鶏へ飛ぶフラッシュや春の川

爆音のバイク少年花の雲

恐竜の卵の孵る朝桜

もう誰も来ない桜の下にゐる

小鳥なにか啄みてゐる桐の花

はるけさは木霊に似たり閑古鳥

水楢の山のざわめく梅雨入かな

空き瓶に残るユーモア球磨焼酎

水打ちのさばさば小言打ちにけり

モンローの百のくちびる凌霄花

蚊遣火やひとのこころと寝起きして

サルトルもカミュも泉なりし日よ

ニッカウヰスキーの井の字が好きで秋の宵

うちそろひて旅の名残の走り蕎麦

祝はれて鳴るこころあり蘭の花

月今宵ねむたき人を揺すりては
耳遠く冬菜洗ひてをられけり

咳の背にある掌のぬくみかな

言ひさして大根下ろしてゐたりけり

水盤に梅咲き出づるしじまかな

春の雷闇に狐の眼を残し

もの言はぬ男の鼻梁春の雪

嬰児の甘き湿りや春の土手

雪形の鍬には早き信濃かな

はらはらと頁の戻るリラの花

花冷えて光の富士となりにけり

鳴き交ふは急ぐこころか春の雁

灰汁捨つる闇もみどりの夜なりけり

新しき水晶体や青山河

指で割るあんずの中の幼年期

風ゆるむとき雪渓のあたたかき

新盆の妹が来てゐるいつもの庭

大川とうねりてゆくや曼珠沙華

秋風の友来て昔語り出す
洗ひあげられて大根の無心かな

墨痕のごとき雲飛ぶ枯野かな

冬の鵙黄金のごと黙りをり

ずつと喪に服してゐたき水仙花

整へて生きる齢や寒の明け

ちりちりと音のしてゐる花木五倍子

春蘭に化けて狐の澄まし顔

三月十一日東北地震

さなきだに白き林檎の花なるを

かの世より来て牡丹の咲きゐたる

白牡丹十坪の隅をあふれけり

帰るさの子に持たせやる雨の薔薇

ほととぎす雨が来るぞと言ひふらし

鎌先の毛虫どつきりしてゐたる

夕焼を飛んで知らない町に着く

雨合羽着て見にゆかな草の花

玲瓏の青を蝦夷竜胆といふ

蟷螂の枯れはゆるく来る細く来る

昼よりは雪の小鳥となりにけり

アマリリス二尺伸びたる日脚かな

かけがねを外すと春が立つてゐる

梅咲いてアトリエに灯が入りさう

平櫛田中彫刻美術館

片栗の花の日数を居さうらふ

空があるから咲きたくてチューリップ

足まかせに迷ひゆきけり桃の花

若鷹を空へと放つ新樹かな

どしや降りのとどめの雹となりにけり

天道虫いつもひとりの時に来る

小鬼が二匹のぞきに来たよ鳳仙花

ほんたうはわたし魔女なの敬老日

国文科同級会出雲　二句

澄む秋や国引の秀に日御碕

神在のお旅舎といふリアリティ

乗せていつてよアネモネの花買ひに

目白は稚白い椿は慈母の乳

わたしたちみんな零れて菫なの
何となくよしもとばなな春の宵

法師温泉

湯の宿の笠着て雪の別れかな

尺八の息継ぐごとに花冷ゆる

牡丹に見られてゐるのではないか

ひげ長の髪切虫は薔薇が好き

花の傘吹き上げてゐる水木かな

木漏れ日の巣箱にこぼる日雀かな

宇治にて

浮舟の泳ぎ上手であつたなら

たましひのたましひとゐる蛍籠

青空のチュチュだつたのね立葵

終演のほてりを百合と帰りけり

星月夜アプレゲールに惹かれてゐた

怒りにも輝くもののありて冬

考へる窓

二〇一四年冬〜二〇一七年夏

あをぞらへまつすぐは恋水仙花

片栗の花踏む過誤に似たりけり

嫁がざる子の美しや春の雪

行き暮れてなほ空にありリラの花

なきそと誰か教ふる春の鳥

春満月餃子の皮が足りないの

真打の汗見て帰る余寒かな

絵踏して無告の民となりにけり

亀鳴くや「朕」の一字を見し夕べ

緑雨来る敏く息するものの上に

闖入のかたばみの花ピッカピカ

ひっそりと汗かくわたしプラチナ製

ちよつとだけキスしてみたい甜瓜
黄鶲のほんたうに日が暮れるまで

真竹煮のかたじけなくも山廬かな

共に見ておのもおのもの月見草

四十雀の死はネクタイを曲げしまま

露草のふつと寄り来る齢かな

浅黄斑渡る日までの秋の山

まつててねどんぐりぜーんぶひろふから

落葉松の針降る道は目をつぶり

四日はや幼に翼ありければ

凍えたるものの始めに鍵の穴

小鳥去り俤となる椿かな

昔をとこありけりバレンタインデー
かりそめのやうに手渡す花の種

春風の箒に乗つてゆくわたし
覚めて名古屋揺られて京都花の雨

囀りはエプロンへもろ手を空へ

花束のごと二番薔薇咲きにけり

蛇総身鋼のやうに渡りたる

緑濃し長田弘はもう居ない

青葉木菟昼は詩集の中に棲み

夜の闇をそつと揺らせば湧く蛍

雨脚に勝つたねと草刈り終はる

雀蜂発つ蜂の子をこぼしては

よく笑ふ九月の森の卵茸

小牡鹿の入野の端に吾も寝ぬる

母為せしごと桔梗の株を結ふ

考へる窓は縦長小鳥来る

向島百花園

後戻りして実むらさきもう一度

池やつさもつさ恋の実りを赤とんぼ

はからひの外に咲きけり冬の薔薇

ポインセチア障子あかりもなかなかに

二〇一六年「奥の細道切手原画展」郵政博物館

朧めく奥の細道原画展

かくれんぼしたがる広さ春炬燵

春蘭に蛇笏の空が付いてくる

歓声は黒板ジャックッ風光る

そのための一枚ガラス庭桜

誑されたくて見にゆく罌粟の花

寂しいなら日傘をさしてゆけといふ

青鳩やしんと晴れたる山の寺

女子大の古きチャイムも夏めきて
草干して捨つるもののなき夫婦かな

鳳仙花眠たげあるじ所在無げ

秋立つや手足しみじみ老眼鏡

空にあるものも数へて野路の秋

街道に果てはありけり草の花

ざざざつと柿の実へ来て朝の椋《む》鳥《く》

身に入むや地底より湧く土合駅

濃紅葉のいろを汲みつつ喜寿祝ふ
散紅葉空のすきまをあたらしく

十二月ずつしりと豆煮えあがる

文よきか露伴にせむか冬至風呂

息白くアネモネの花あたたむる

いろいろに鳴いてみもして春の鵙

梅散りて背筋のゆるむ箒かな

友逝くとこだまのやうにミモザ咲き

車座におかずの回る百千鳥

連れ添ふといふはあやふさ啄木忌

浜防風母に晩年無かりけり

揺るぎ出でぬばかり朝日の牡丹かな

麦秋といふあたたかきことばあり
しもつけをいい花だとはあなたから

ゆゑなくて白六月の山の花

一握り蕗刈る山の夕仕度

辣韭穫れすぎたる上がり框かな

首折れのガーベラもあり抱へゆく

ブラジャーに寄り道してる夏の蝶

新じゃがの得意は皮をつけしまま

ことぶれを待つ列島の桜かな

「そして秋」十五句
平成二十八年度ＮＨＫ全国俳句大会　飯田龍太賞応募作品

近づけばとほざかりゆく罌粟の花

ほととぎす広野に何を捨てて来し
白髪染めせずと決めたる涼しさよ

押し花に天牛の足らしきもの

近近と夫ちかぢかと揚花火

戻る闇を秋の星座の四辺形

長き夜の青磁にひびの入る音す

秋出水音信とほき娘たち

人人人曼殊沙華また曼殊沙華

言はなくていいと抱かるる小望月

殷賑を来て秋草のやつれかな

芋水車けふは胡桃を洗ひをり

青空のとほきところに九月尽

むかし憶ふ手縫の時間山の秋

待つこころ

二〇一七年秋～二〇一九年春

銀河鳴る剣岳《つるぎ》の闇の深さかな

秋草の夫を恋人にしてしまふ

爪紅の指のさびしき吾亦紅

初萩に日中の熱のこもりゐて

待針の飾り紅葉も汀女の忌

奥の間のタイルの冷ゆる鳳明館

百舌鳥鳴けりどちらにしても浮動票

おくるみの中のまつ毛も小春かな

寒梅を喪中のひとに告げやらん

雪来ると切りし水仙香りだす

霞食べにおいでと山の便りかな

いちどきに春の蓋開く雨の後

山に咲けば山の大きさ花馬酔木

座して読む父の晩年桐の花

甲斐駒の威をやさしうすねむの花

木苺や野面の先に槍ヶ岳

皐月波渡る傘寿のクラス会
と見る間にかの赤富士になりおほせ

庭掃きの行き届きたる濃あぢさゐ

赤子泣く声の弾みもさくらんぼ

萩挿せばその色に染む切子かな

秋の金魚古道具屋の店先に

一盞の衣被より始まりぬ

ゴールネット揺らす少女や鰯雲

秋の蝶とろろあふひへ来て吹かれ

声をさめ月の剣岳《つるぎ》と向ひ合ふ

庭畑のアクサンテギュ唐辛子

庭主も煙に巻かれるスガレ追ひ

十二月の町に寝て見る山の夢

東京に残る郡や冬の虹

元日の厨行き交ふ女足袋

水仙の花の人間が匂ひたる

名画オフィーリアの入水を演じた樹木希林へ

春川にも一度浮きねオフィーリア

田螺だと分かつてゐるが言はぬだけ

山椿ひかりの帽子冠りたる

アールグレイは詩の一頁花曇

どこに置かうアールグレイの時間・春

草若葉どこかにノアの祈りの目

夫熱くもの言ふ日なり杉の花

赤チンが傷によく効く万愚節

足組めばわれもモデルや藤の花

惜しむこころ

二〇一九年夏～二〇二一年春

母の日の亡母に歌ふ野ばらかな

上州に生まれて雷を涼しとし

磊塊はどの男にも夏深し
尻餅を抱き起こさるる草むしり

どくだみの豪儀に負けてしまひさう
わたくしといふ六月の薄いスープ

黒つぐみ鳴き細らせて梅雨の森

風入れや母の襦袢の役者染

マンゴーを入れて明るき冷蔵庫

秋立つや雲のさはだつ霧ヶ峰

コロラチュラの一節と聞く水の秋

その母に送るメール か流れ星

雲二層その下をゆく雁渡し

一寸本屋と出て行つたきり秋の暮

稜線の藍の濃くなる葡萄狩

紫の秋の花束傘寿の賀

植込みを縫ひて小鳥や片時雨

とんばうが三鷹駅より乗つてくる

世話かけたナと言ひて死にたる石蕗の花

冬凪や遠目に光る島ホテル

忘れきしは恋か記憶の手袋か
老いみての旅は淡くて冬菫

冬ざれがごはりと鷺を舞ひ立たす

聴き飽きたはずの陽水ポインセチア

真善美これて蜃気楼残る
大人のブランコいつも空まで届かない

友、重き病に

受話器より漏るる「さよなら」春を刺す

小豆粥のいろとなりゆく夕桜

パンジーの同工異曲雨上がり
しどろなる夢の底よりほととぎす

キョウロロのロロに消えゆく赤翡翠

ホトトギスホトトギス真夜ホトトギス

明けばまた今日のこころに五月富士

その花の白き蛾と化す山法師

友逝く　二句

稚児百合といふ静かなるものの果て

立ち位置にあなたの居ない梅雨の星

雨滴のごと散るも姿やえごの花
花いばら素心にかへる一日かな

抱きしめる夫ありそのほかは五月

何超えて逝きしいもうと百合の花

国境や登りそびれし青嶺なほ

郭公の森の明るき忘我かな

頬杖の肘いとほしむ夜半の秋

やや寒を羽美しき尉鶲

鹿だろねと畑荒らしを結審す

竜胆の色を未練と暮れかかる

虫鳴かぬ夜は嬉嬉として草木霊
秋草の机に音叉忘られて

秋風やわれも愁殺されてみたく

浅く病みて月見団子の嬉しけれ

木枯に紛れて肺の鳴る日なり

野兎の機微は立てたる片耳に

わが居間をサナトリウムとしてカトレア

水飲むとふたひらかなこと柿落葉

帰り花たましひ一つ宿したる

朝溢す湯たんぽの湯のやさしさは

洗礼名テレジア母のクリスマス

植木屋の手わざキレキレ十二月

春雪の朝は白樺の皮焼べて
友の句の春の苺の香でありぬ

芽吹き枝にさつと散りけり鶯の紅
空となり水となりたる桜かな

待つこころ惜しむ心や花の奥

中陰や地に触るるまで木瓜の紅

この春やひとしほ待ちて蕗のたう

薄氷や老いの抒情は骨に似て

進級トントン柱のきずは三拍子

湧き出でて眼優しき春の鹿

粗朶の火へ薪組み直す春の雪

鬼退治にはぐれちやつたと雉が鳴く

恋雀いのちといふは痛痛し

あとがき

定年退職を機に始めた俳句の勉強も、気がつけば二〇年になりました。最初の数年間をいくつかのカルチャー教室で学び、「はじめての句会」という講座名にひかれて鈴木章和先生にめぐり合えたのは二〇〇八年の夏のことです。爾来、今日に至る迄、不肖の弟子であるにも拘らず、あたたかいご指導と励ましをお与え下さいました。

この句集は、鈴木先生の生徒になる以前の作品『恩寵の時』、講座の生徒となって学んでいた時期の作品『恐竜の卵』、翡翠会員になった時期の作品『考へる窓』、翡翠同人に入れていただいた後の作品『待つこころ』『惜しむこころ』の五章に分けてまとめました。

『恩寵の時』は、遠くに孫を得た日の抽象的ながらも生命の持続を確信したその喜びと、退職して得た時間を存分に使っての山歩きの喜びの、双方を、天与のものとして受けとめた作品群です。

『恐竜の卵』は、春休みの孫が上京して、多摩六都科学館で恐竜展を見、恐竜の卵を買って帰った時の後日譚が面白かったので題にしました。子供の夢は現実なのです。

『考へる窓』は、私の山荘から車で四〇分ほどのところ、清里のはずれに〝清里高原チーズケーキファクトリー〟というケーキ工房があり、窓の外にしつらえた餌台の鳥を観察しながら考えに耽る時間が楽しいのでした。窓はお洒落な縦長で、俳句を心の拠り所とする時間を専らにしました(二〇一九年十二月に閉店)。

『待つこころ』『惜しむこころ』は作品の数が多いので二つに分けました。内面的には、花の奥にあり同じものです。

書名「アルトを歌ふ」は長い合唱団の活動の中でいつもアルトを歌ってきたことから名付けました。私の生き方そのものが、和することの美しさを求めているからでもあります。

本句集の出版に当たりまして、「翡翠」主宰の鈴木章和先生にご懇切なご指導をいただき、序文までも賜りましたこと、厚く御礼申し上げます。お言葉を胸に、一層の努力をして参ります。

また、私を支えて下さった畏友の皆さまに深く感謝いたしております。ありがとうございました。

二〇二一年一〇月

楠原絢子

著者略歴

楠原絢子（くすはら・あやこ）

1939年　群馬県生まれ
1965年　早稲田大学大学院文学研究科修士課程修了
1966年　都立高等学校に勤務
2000年　都立高等学校定年退職
2009年　「創流」（宗内数雄主宰）同人
　　　　のち退会
2013年　「翡翠」会員
2017年　「翡翠」同人

俳人協会会員

現住所　〒187-0024　東京都小平市たかの台32-1-151

句集　アルトを歌ふ　あるとをうたう
二〇二二年一月一日　初版発行
著　者――楠原絢子
発行人――山岡喜美子
発行所――ふらんす堂
〒182-0002 東京都調布市仙川町一―一五―三八―二F
電　話――〇三（三三二六）九〇六一　FAX〇三（三三二六）六九一九
ホームページ　http://furansudo.com/　E-mail　info@furansudo.com
振　替――〇〇一七〇―一―一八四一七三
装　幀――君嶋真理子
印刷所――日本ハイコム㈱
製本所――㈱松　岳　社
定　価――本体二五〇〇円＋税
ISBN978-4-7814-1425-6　C0092　¥2500E